APPREN1
FÊ, ES
PÂQUES

David F. Marx
Texte français de Nicole Michaud

Éditions
◼ SCHOLASTIC

Catalogage avant publication de Bibliothèque
et Archives Canada

Marx, David F
Pâques / David F. Marx ;
texte français de Nicole Michaud.

(Apprentis lecteurs. Fêtes)
Traduction de: Easter.
Pour les 5-8 ans.
ISBN 978-0-545-98726-4

1. Pâques--Ouvrages pour la jeunesse.
I. Michaud, Nicole, 1957-
II. Titre. III. Collection.

GT4935.M3714 2009   j394.2667   C2008-906703-7

Conception graphique : Herman Adler Design
Recherche de photos : Caroline Anderson

Édition publiée par les Éditions Scholastic,
604, rue King Ouest, Toronto (Ontario) M5V 1E1.

5 4 3 2 1   Imprimé au Canada   09 10 11 12 13

Est-ce que tu célèbres
la fête de Pâques?

La fête de Pâques a toujours lieu un dimanche de mars ou d'avril, au début du printemps.

Avril 2009

Dimanche	Lundi	Mardi	Mercredi	Jeudi	Vendredi	Samedi
			1	2	3	4
5	6	7	8	9	10	11
12	13	14	15	16	17	18
19	20	21	22	23	24	25
26	27	28	29	30		

6

Les personnes de religion chrétienne célèbrent la fête de Pâques en l'honneur d'un homme appelé Jésus-Christ.

Les chrétiens croient qu'à une époque lointaine, Jésus est revenu à la vie après sa mort.

Pâques est une célébration du retour à la vie.

Il y a beaucoup de symboles liés à cette fête. Un symbole est une chose qui a une signification particulière.

Les œufs et les lapins sont des
symboles de Pâques. Les œufs
de Pâques représentent la vie.

10

Les lapins de Pâques font penser au printemps.

C'est amusant de décorer les œufs
de Pâques! Un adulte les met
d'abord à bouillir pour en faire
des œufs durs.

Les coquilles blanches sont
ensuite teintes ou peintes
de différentes couleurs.

On trace des dessins au crayon
ou au pinceau sur les œufs.
Certains œufs de Pâques sont
des œuvres d'art!

La chasse aux œufs de Pâques
est très populaire.

Les adultes cachent d'abord
les œufs. Puis les enfants
doivent les retrouver.
C'est très amusant!

Est-ce qu'on prépare le pain
de Pâques dans ta famille?
On fait parfois cuire des œufs
de Pâques dans le pain.

Les enfants souhaitent que le
lapin de Pâques leur apporte
un panier.

Dans un panier de Pâques, il y a
des œufs, des lapins de chocolat,
des bonbons à la gelée et toutes
sortes de gâteries.

De nombreux chrétiens vont
à l'église le matin de Pâques.

Les églises sont décorées
de lys blancs et d'autres
fleurs.

Dans certaines villes, il y a un défilé de Pâques. Les gens marchent dans les rues avec leur famille, vêtus de leurs plus beaux habits.

Le défilé le plus connu est celui de New York. Les gens se coiffent de chapeaux de Pâques extravagants.

Après le défilé, on déguste
en famille les spécialités
de Pâques.

On se souhaite
« Joyeuses Pâques! »

Les mots que tu connais

panier

chapeau

pain

œufs

Jésus-Christ

lys

défilé

symbole

31

Index

Références photographiques